Is

Opération
pièges à chats !

Illustrations
Nadia Berghella

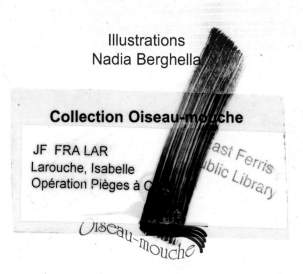

Éditions du Phœnix

© 2007 Éditions du Phœnix
Dépôt légal 2007

Imprimé au Canada

Illustrations : Nadia Berghella
Graphisme : Guadalupe Trejo
Révision linguistique : Lucie Michaud

Éditions du Phœnix
206, rue Laurier
L'Île Bizard (Montréal)
(Québec) Canada H9C 2W9
Tél.:   (514) 696-7381
Téléc.: (514) 696-7685
www.editionsduphoenix.com

**Catalogage avant publication de Bibliothèque et
Archives nationales du Québec et Bibliothèque et
Archives Canada**

Larouche, Isabelle, 1968-

     Opération pièges à chats!

     (Collection Oiseau-mouche ; 5)
     Pour enfants de 6 ans et plus.

     ISBN 978-2-923425-16-0

     I. Berghella, Nadia. II. Titre. III. Collection.

PS8573.A737O63 2007   jC843'.6 C2007-941015-4
PS9573.A737O63 2007
2e réimpression

Éditions du Phœnix remercient la SODEC pour l'aide
accordée à leur programme de publication.

Nous reconnaissons l'aide financière du
gouvernement du Canada par l'entremise du
Programme d'aide au développement de l'industrie
de l'édition (PADIÉ) pour nos activités d'édition.

Isabelle Larouche

Opération
pièges à chats !

Éditions du Phœnix

De la même auteure, chez d'autres éditeurs

«Le cirque arrive en ville» in *Des histoires de fous*, collectif de l'AEQJ, Vents d'Ouest, 2007.

«L'oncle Arthur» in *Bye Bye les parents*, collectif de l'AEQJ, Vents d'Ouest, 2007.

Les esprits de la forêt, coll. Sésame, éditions Pierre Tisseyre, 2006.

Des histoires à n'en plus finir, collection Caméléon, éditions Hurtubise HMH, 2006.

L'ours géant et autres histoires des peuples inuit, Éditions Syros Jeunesse, France, 2004.

«La sphère» in *Virtuellement vôtre*, collectif de l'AEQJ, Éditions Vents d'Ouest, 2004.

«La partie de hockey sur le lac St-Jean» in *Les nouvelles du sport,* collectif de l'AEQJ, Éditions Vents d'Ouest, 2003.

La légende du corbeau, coll. album du crépuscule, Éditions du soleil de minuit, 2002. Texte en français et en inuktitut.

À tous mes amis,
rongeurs, félins et humains...

Présentation

Miaou ! Je m'appelle Shipshaw et je suis un chaton de gouttière. Depuis que la gentille Annabelle et son fils Julien m'ont adopté, j'ai fait la rencontre de deux souris très spéciales : Hector et Herminette. La vilaine Shawinigan a bien essayé de les croquer, mais j'ai tout fait pour les protéger. Heureusement, nous sommes tous des amis maintenant.

J'aime toujours les petites gâteries et c'est à cause d'elles que mon ventre est énorme. Le museau fourré partout, je découvre plein de choses autour de notre nouvelle maison à la campagne. J'ai aussi des idées géniales pour aider mes amis. Suivez mes aventures et vous comprendrez !

Tout ce que je vous raconte est vrai ! Je vous le jure !

1

Le bonheur... ou presque

Le soleil couchant du mois d'août est rouge comme une pomme. Les grillons s'installent pour leur concert nocturne. Shawinigan et moi occupons les meilleures places devant notre maison.

— Tu sais qui est le soliste ce soir ? s'informe la chatte qui adore les symphonies.

— Pas vraiment, dis-je d'un sourire moqueur. Ces insectes se ressemblent tellement…

— Hector et Herminette vont-ils nous rejoindre ?

— Je l'ignore. Je ne les ai pas vus de la journée...

— Moi non plus, remarque-t-elle. Nos amis semblent si occupés. Je me demande ce qu'ils sont en train de bricoler…

C'est à ce moment que les deux petites souris apparaissent.

— Nous avons apporté du maïs soufflé, annonce la gentille Herminette, toujours remplie de bonnes attentions. Vous en voulez ?

— Non merci, refuse Shawinigan. Mais je sais que ce gros
glouton en mangera volontiers.

— Ce n'est pas ma faute si j'ai
toujours un petit creux, dis-je en
dévorant les friandises salées.
C'est gentil d'avoir pensé à moi.
Vous restez avec nous ?

— Pas cette fois-ci, s'excuse Hector en peignant ses longues moustaches. Nous sommes très occupés ces jours-ci.

— Oui, continue Herminette. Nous travaillons sur toutes sortes de chantiers depuis notre arrivée ici.

— C'est donc pour cela que des objets disparaissent ! s'exclame Shawinigan.

— J'espère, ajoute Hector avec un brin de fierté, que la gentille Annabelle et son fils Julien ne se doutent de rien.

— C'est comme dans le bon vieux temps, n'est-ce pas, ma vieille ? dis-je pour taquiner l'élégante chatte qui est maintenant habituée aux mystères de la maisonnée.

Je n'oublierai jamais quand Hector et Herminette ont construit un avion avec des objets qu'ils volaient dans la maison. C'était dans le temps où nous habitions en ville. Tout se passait sous le nez de Shawinigan et cela la rendait folle. D'autant plus qu'elle était jalouse de moi, nouvellement arrivé dans la famille. Ensuite, ces braves souris nous ont rejoints jusqu'à notre nouvelle demeure, au volant du *Merle II* : un exploit que nous avons applaudi avec admiration. Depuis ces aventures, Shawinigan et moi avons décidé de ne plus nous quereller. L'amitié est tellement plus précieuse, même entre les chats et les souris. Hector et Herminette habitent maintenant au sous-sol tandis que je partage le grand sofa du salon avec Shawinigan.

— Hé, Shipshaw, lance soudainement Shawinigan pour me tirer de mes rêveries. On a de la visite.

En effet, quatre chats du quartier profitent de la belle nuit étoilée pour se promener. Chamaille, Roméo, Sushi et Cachalot se dirigent vers nous.

— Tiens ! remarque l'un d'eux. Shawinigan et Shipshaw ne sont pas encore couchés…

— J'ai justement quelques mots à leur dire, ajoute un deuxième matou d'un ton bourru.

— Il se passe des choses bizarres depuis qu'ils sont arrivés ici, continue un troisième chat.

— Ouais… râle nerveusement un quatrième. Vraiment bizarre !

2

Les chats du voisinage

— Bonsoir, dit Chamaille d'un ton amical. Ça va ?

— Bien sûr que ça va, que je réponds en poussant les restes de maïs soufflé vers les visiteurs. En voulez-vous ?

— Non merci, refuse Roméo poliment. Ça colle aux dents.

— Et puis ce n'est pas très bon pour la santé, précise Sushi.

— Je sais, lance Shawinigan pour le narguer. Tu préfères le poisson cru, toi !

— Cessez de vous taquiner ! interrompt Cachalot. Nous avons de gros problèmes depuis quelques semaines…

— En fait, nos difficultés ont commencé le jour où vous êtes arrivés ici, avoue Chamaille en baissant les yeux. Je ne veux pas insinuer que c'est votre faute, mais… peut-être pouvez-vous nous éclairer sur ce qui se passe.

Chamaille est un bon copain. Il est musclé comme un lynx, mais il a l'air amoché. Pas étonnant, il se bat tout le temps ! D'ailleurs, il porte les cicatrices de plusieurs batailles : la queue cassée, les oreilles déchirées et le poil tout ébouriffé. Il a un grand cœur et il est toujours prêt à aider ses amis qui se retrouvent dans le pétrin.

— Les chats du quartier racontent des histoires à faire redresser les poils sur le dos, continue-t-il.

— Oui, des histoires effrayantes, ajoute Cachalot, un chat noir et blanc presque aussi gros qu'une baleine. Je n'arrive plus à fermer l'œil !

— Parlez ! dis-je, intrigué. Nous n'avons rien à cacher.

— C'est que…, balbutie le beau Roméo, nous ne savons pas de quoi il s'agit au juste. Toutes sortes de catastrophes nous tombent dessus. Ça arrive de nulle part et de partout en même temps.

— C'est ennuyeux, marmonne Shawinigan entre ses moustaches. On nous accuse, sans qu'on sache pourquoi !

— Avez-vous remarqué des choses étranges dans les alentours, par hasard ? s'informe Sushi.

Shawinigan me regarde d'un air interrogateur. Nos petites souris causent-elles des problèmes aux chats du voisinage ? C'est impossible, voyons. Hector et Herminette ne feraient pas de mal à une mouche…

— Non, affirmé-je sans hésiter. Je suis désolé.

— Bon, conclut Chamaille. Gardez l'œil ouvert !

— Nous commençons notre enquête demain matin, c'est promis !

Les grillons toussotent ; la nuit tire à sa fin. La lune s'est décrochée du ciel et les étoiles s'éteignent, une à une. Le vrai silence, celui qui apparaît quelques minutes avant le lever du jour, va bientôt s'installer. Shawinigan bâille puis pousse la porte de la chatière pour entrer dans la maison. Je la suis jusqu'au sofa. Nous ronronnons en chœur, jusqu'à ce qu'Annabelle et Julien se lèvent pour commencer la journée.

3

Mission secrète

J'ai de très bonnes oreilles, même durant mon sommeil. Ce matin, en faisant la grasse matinée sur le sofa, ces bruits et ces voix se sont mélangés à mon rêve…

— Toc ! toc ! toc ! scritch ! scratch ! toc ! toc !

— Entrez ! lance Herminette d'une voix chaleureuse.

Ginette et Nestor, deux souris des champs, se faufilent discrètement le museau par la porte puis entrent. Comme toutes les souris du voisinage, elles connaissent le code secret.

— Nous ne vous dérangeons pas, j'espère, dit Ginette en déposant son sac sur la table.

— Mais pas du tout ! ajoute Hector en s'essuyant les mains sur sa salopette. Nestor, mon ami, est-ce que vous connaissez la mécanique ?

— Euh… pas vraiment, mais puis-je apprendre ? demande Nestor, un peu timide.

— Bien sûr ! Suivez-moi dans mon atelier. Je travaille sur une invention qui sera très efficace une fois terminée. Vous verrez, avec les bons outils en main, la mécanique n'est pas si compliquée.

D'un pas joyeux, Hector et Nestor rejoignent d'autres souris qui travaillent déjà au fond de la pièce, parmi les tas d'objets ramassés ci et là.

— Je vous sers un petit verre de jus de framboise ? offre Herminette.

— Volontiers, accepte Ginette. Vous êtes si gentils tous les deux… et, en plus, vous êtes de vraies célébrités ! Toutes les souris de la région parlent encore de votre exploit avec l'avion. Quelle aventure !

— En tout cas, nous avons serré plusieurs mains et signé bien des autographes depuis notre arrivée à Deux-Montagnes, raconte Herminette.

— Nous apprécions surtout votre générosité, chère amie. C'est chouette de partager vos inventions avec toutes les souris. Votre mari, Hector, est un véritable génie !

— Vous savez, Ginette, ce qui compte dans le travail, c'est le plaisir qu'on en retire. La créativité n'a pas de limite quand on s'y met !

— Vous avez bien raison, ajoute la petite souris en buvant la dernière goutte de son jus de framboise. Il n'y a qu'un seul règlement à respecter, n'est-ce pas ?

— Ah ! je vois que vous connaissez le code de conduite…

— Bien sûr, répond Ginette en se redressant sur sa chaise, la main sur sa poitrine. « Pas touche à Shawinigan et Shipshaw » !

— Voilà ! s'exclame Herminette en tapant des mains. Nous sommes très fiers de vous !

— Merci, répond Ginette avec humilité. Mon beau Nestor ne pense qu'à ça, maintenant. Sa tête déborde d'idées !

— Je suis ravie de l'apprendre, chère Ginette. Tant mieux pour lui. Pendant que j'y pense, est-ce que vous aimeriez faire un peu de « magasinage » ? Lisette et Juliette nous attendent au coin de la rue.

— On dirait que vous avez besoin de renfort, Herminette… Mijoteriez-vous de gros projets vous aussi ?

— Toujours, répond la petite souris avec une étincelle au coin des yeux. Toujours…

4

De vraies
« chat-astrophes » !

Les gargouillis dans mon esto-
mac me tirent du sommeil. Avant
de sauter en bas du sofa, j'étire mes
pattes en bâillant. Quel rêve !
Shawinigan est debout depuis
longtemps. Après tout ce que les
chats ont raconté hier soir, elle est
déjà partie explorer le quartier.

Shawinigan est une vraie fouine, mais elle aura besoin de moi pour élucider ce nouveau mystère ! Les chats du quartier ont des problèmes ? Eh bien, je vais les aider. Mais… à bien y penser, pas avant de prendre une petite bouchée. Vous me connaissez ! Annabelle et Julien me gâtent avec de généreux bols de nourriture accompagnés d'un peu de lait sucré ! Depuis mon arrivée dans cette famille, mon ventre a tellement grossi que je passe à peine par le trou de la chatière. Oh, la la ! il faudra que je fasse de l'exercice.

— Hé, Shipshaw ! crie-t-on derrière moi.

C'est Charivari, le chat qui fait toujours des gaffes. Sa maison est au bout de la rue.

— Mais que t'est-il arrivé ? Tu es tout… vert !

— Tu ne me croiras jamais, Shipshaw ! dit Charivari en essayant de se secouer. Je poursuivais une souris près de la remise, puis juste au moment où j'allais l'attraper, un seau de peinture est tombé sur moi ! Le seau… était... sur le toit et puis… pouf ! Me voilà aussi vert qu'une sauterelle !

— Quelle idée de laisser un seau de peinture sur le toit d'une remise !

— Je sais que je suis gaffeur, ajoute Charivari, mais là, ce n'était pas ma faute !

Cet accident est étrange, sans aucun doute. Pauvre Charivari ! Il n'en finit pas de se rouler, de se frotter sur l'herbe pour se débar-

rasser de cette couleur farfelue. Je lui propose de m'accompagner dans mon enquête.

— Si c'est pour mettre la patte sur celui qui m'a fait cela, volontiers !

Un peu plus loin, notre attention est attirée par une forte odeur de mouffette. C'est la première fois que je respire ce parfum atroce. Ça provient de derrière la haie de cèdres.

— Débarrrrassez-moi de cette horrrreur ! miaule une voix désespérée.

Charivari reconnaît l'accent de Carmen, la chatte espagnole qui habite au-dessus de l'épicerie.

— Que s'est-il passé ? demande-t-il. Aurais-tu fait une mauvaise rencontre ?

— Pirrrre que ça, répond Carmen en roulant ses « r ». Aprrrrès avoir chassé quelques sourrrris, je prrrofite toujourrrrs des rrrrayons du soleil surrrr le paillasson. Mes maîtrrrres trrrravaillent à l'épicerrrrie et je les attends ainsi, en sommeillant. Cette fois, j'ai eu l'imprrrression qu'on avait caché quelque chose sous le tapis. Quand j'y ai posé la patte, j'ai senti un ballon se dégonfler. C'est alorrrrs qu'une fumée bleue m'est arrrrivée en pleine figurrrre ! Et maintenant, me voilà parrrrfumée à la mouffette !

La pauvre Carmen a les yeux tout rouges. On dirait que les mouches tombent raides mortes en s'approchant d'elle.

— Il y a quelque chose de louche là-dedans, dis-je sans me pincer le nez pour ne pas l'offusquer.

— Et toi, Charrrrivarrrri… Pourrrrquoi es-tu verrrrt comme une brrrrranche de célerrrri ? demande Carmen.

— J'aimerais bien pouvoir t'expliquer…, dit-il, tout penaud.

Carmen accepte de nous aider à trouver d'autres indices pour élucider ces mystères. Plus loin, nous retrouvons Shawinigan, accompagnée de Cachalot (qui est encore plus bedonnant que moi) et du beau Roméo, le chat angora qui fait battre le cœur de toutes les petites chatonnes du coin. Trempé jusqu'aux os, Cachalot nous explique que les planches de la galerie se sont effondrées sous son poids et qu'il est tombé directement dans un baril rempli d'eau. Quant à Roméo, il pleure tellement qu'il a du mal à raconter ce qui lui est arrivé.

— C'est vraiment étrange, raconte finalement Shawinigan à sa place. Quelqu'un s'est amusé à lui raser la fourrure sur le dos. Ça va prendre des semaines à repousser !

— Mais c'est effroyable ! disons-nous tous en chœur. Qu'est-ce qu'on va faire ?

5

Organisons la résistance

Le soleil descend lentement vers l'horizon. Les grillons entament un autre concert, mais, cette fois-ci, ce n'est pas pour les écouter que je rejoins Shawinigan devant la maison. J'ai invité tous les chats des environs à une importante réunion d'urgence.

Après quelques minutes, Sushi, Roméo et Chamaille arrivent accompagnés de Charivari, Carmen et Cachalot.

— Nous sommes la risée de la communauté, se plaint Sushi.

— Il faut que ça cesse ! râle Chamaille en s'assoyant sur l'herbe.

— Mais comment ? questionne Cachalot, le poil encore humide.

— Qui monte tous ces mauvais coups ? s'inquiète Roméo qui a peigné ses poils de façon à cacher les trous dans sa fourrure.

— Pensez-y, dis-je en les fixant droit dans les yeux. C'est pourtant simple…

— De quoi parles-tu ? demande Shawinigan, à qui je n'ai encore rien expliqué. Je ne comprends pas.

— Que faites-vous juste avant qu'une catastrophe vous tombe sur la tête ?

— Bien…, bafouille le beau Roméo, normalement on…

— Euh... on court..., continue Charivari.

— On court après..., prononce avec lenteur Sushi, le sourcil en accent circonflexe.

— Les SOURRRIS ! conclut Carmen. Alorrrrs, tu crrrrois qu'elles complotent de tels plans pourrrrr nous empêcher de les attrrrraper ?

— Oui, j'en suis certain ! Il n'arrive rien à Shawinigan ni à moi parce que nous ne chassons pas les souris !

— C'est vrai ! s'exclame la chatte.

— Annabelle et Julien nous offrent de délicieux plats tous les jours. Inutile de croquer des souris ! fais-je remarquer aux chats.

— Cela expliquerait pourquoi on ne voit pas beaucoup Hector et Herminette ces jours-ci, grogne la chatte noire.

— Qui sont-ils ? demande Roméo, intrigué.

— Deux souris pas comme les autres, que je réponds. Je les soupçonne d'être impliquées dans cette affaire de chasse aux chats.

— Mais c'est ridicule ! s'indigne Chamaille. Les souris nous tendent des pièges maintenant ?

— C'est parce qu'elles en ont assez de se faire pourchasser, conclut Sushi. Elles sont plus intelligentes qu'on le croit.

— Elles pensent sans doute que nous sommes moins ingénieux qu'elles. Eh bien ! nous allons les surprendre ! Écoutez mon plan.

Rassemblés autour de moi, les chats attendent, leurs oreilles grandes ouvertes.

— Le problème, c'est que les souris se défendent. Laissez-les tranquilles et vos problèmes cesseront. À partir de demain, mes chers amis, nous irons tous à la pêche !

— QUOI ? protestent-ils en reculant d'un bond. Tu n'y penses pas !

— Ne sais-tu pas que les chats détestent l'eau ? réplique Cachalot.

— C'est dangereux ! lance le beau Roméo.

— Et comment va-t-on faire ? ose Chamaille. As-tu une autre idée géniale ?

J'attends un peu pour donner plus d'impact à mon projet, puis je lance :

— Nous allons construire un bateau.

À ces mots, les chats éclatent de rire. Leur réaction me vexe beaucoup et je baisse la tête, mais je la relève aussitôt d'un air de défi. Je comprends que les félins préfèrent chasser au lieu de naviguer. Mais j'essaie seulement d'aider mes nouveaux amis tout en protégeant Hector et Herminette. Ces deux souris sont si exceptionnelles ! Je suis sûr que leurs nouvelles activités secrètes visent seulement à donner une bonne leçon aux chats du voisinage.

— On peut toujourrrrs essayer, décide Carmen. Aprrrrès tout, on n'est pas plus fous que ces souris.

— Ouais, renchérit Sushi. Prouvons que nous sommes aussi intelligents qu'elles.

— On ne va pas se laisser faire ! lance Chamaille en montrant muscles et crocs.

— On ne perd rien à essayer, conclut Roméo d'un ton philosophe.

— Alors, allons-y !

6

Il était un petit navire…

— Toc ! toc ! toc ! scritch !
scratch ! toc ! toc !

— Entrez ! lance Herminette
d'une voix chaleureuse. Vite !

Attiré par le petit bruit et la
voix de mon amie, je m'empresse
d'aller me cacher pour les épier.
Ginette, Juliette et Lisette se

hâtent de franchir la porte du sous-sol. Elles ont l'air très contrariées. De la fenêtre, j'écoute leur conversation.

— Mon doux ! s'exclame Herminette. Que vous arrive-t-il ? Vous n'avez pas l'air dans votre assiette aujourd'hui.

— C'est que, commence Lisette tout essoufflée, nous sommes allées faire de petites emplettes comme vous nous avez demandé, et…

— Vous savez, continue Juliette tout en sueur, le hangar au coin de la rue…

— Eh bien ! quelque chose d'étrange s'y passe, ajoute Ginette d'une voix basse pour souligner la gravité de la situation.

— De très étrange même, répètent en chœur les deux autres « souricettes ».

— Assoyez-vous, mes chères. Je vous sers un verre de jus de framboise pendant que vous me racontez tout...

Les trois souris ont du mal à décrire ce qu'elles ont vu. Il faut dire que ça doit être assez inusité de nous voir travailler avec des planches de bois, des cordes, des clous et des vis, sans compter les outils !

— Vous n'êtes pas sérieuses, s'indigne Herminette. Comment est-ce possible ?

— Nous l'ignorons, avoue Ginette. Mais c'est très anormal chez les chats. Le pire dans tout ça, c'est qu'ils ne s'occupent plus de nous !

— C'est décevant, ajoute la jolie Juliette. On ne peut plus s'amuser avec tous ces charmants félins…

— Il faut avertir Hector. Peut-être devrons-nous changer nos plans. Suivez-moi, mes chères amies !

La construction d'un navire permettant à une dizaine de chats d'aller à la pêche n'est pas une mince affaire. Surtout quand c'est la première fois ! Mais nous formons une excellente équipe et nous partageons nos idées. Par exemple, Cachalot a pensé utiliser les couvercles de poubelle dénichés par Chamaille. Depuis, Carmen ramène plein de bouts de ficelle provenant de l'épicerie. Finalement, Sushi a proposé qu'on attache les planches ensemble, puis il a suggéré de les relier aux couvercles en plastique, comme un vrai radeau.

— J'ai déjà vu ça à la télé, annonce-t-il fièrement.

— Je ne savais pas que tu écoutais la télé, remarque Cachalot.

— Pas toi ? demande Chamaille. Tous les chats le font, pourtant…

J'ai été élu chef des opérations tandis que Shawinigan s'occupe de monter la garde. Nous ne voulons surtout pas que les souris apprennent ce qu'on est en train de mijoter. Qui sait, peut-être se moqueraient-elles de nous ! L'entreprise occupe tellement mes amis qu'ils ne pensent plus à chasser. Le soir venu, tous étendus sur l'herbe fraîche, nous écoutons le concert des grillons, en appréciant le résultat de notre journée de dur labeur.

— Hé, murmure Roméo aux autres chats qui sommeillent sous

les rayons de la lune. Avez-vous entendu ce bruit ?

— Ce sont les insectes qui se dégourdissent les pattes, dit Sushi. Rendors-toi.

— Je vous dis qu'il y a un craquement étrange près du buisson, là !

— Tu rêves, comme d'habitude, grogne Cachalot avant de se retourner vers les autres chats assoupis.

Roméo essaie de fermer les yeux du mieux qu'il le peut. Il se concentre sur un solo de grillon particulièrement strident. Peu à peu, il s'endort en oubliant l'incident qui l'a tiré du sommeil. Quand le craquement recommence, il ne l'entend plus. Ni même quand de minuscules pattes viennent lui frôler le museau. À son réveil, Roméo découvre une petite note sous sa patte.

Je vous donne
rendez-vous
près du quai,
ce soir...
une admiratrice
secrète...

À chat-cun sa cachette !

Derrière un hangar abandonné se trouve un rassemblement de chats hors du commun. Le bateau que nous construisons depuis quelques jours est presque terminé. Fatigués, mais satisfaits de nos efforts, nous prenons une pause à l'ombre.

— Ce n'est pas mal du tout ! déclare Cachalot en s'essuyant le front.

— Sauf pour les gaffes de notre ami, hein Charivari ?

— Laissez tomber, s'il vous plaît… Ce n'est pas facile pour un chat de faire des nœuds avec des bouts de ficelles, explique le chat gaffeur.

— Sauf que tu t'es arrangé pour t'y emmêler les moustaches plusieurs fois ! rigole Sushi.

— Les couverrrrcles de poubelle serrrront très étanches surrrr l'eau. C'est une trrrrèes bonne idée que tu as eue, Cachalot.

— Merci. Mais si Chamaille ne les avait pas trouvés, je n'y aurais pas pensé.

— Ces couvercles m'ont sauvé la vie plusieurs fois, raconte Chamaille, surtout quand je chasse ces vilains ratons laveurs qui rôdent la nuit.

— Comment ce bateau va-t-il avancer ? demande le perspicace Sushi.

— Avec une voile ! dis-je fièrement.

— Mais où va-t-on trouver une voile ? questionne Roméo. Et un mât ?

— Je vais emprunter le cerf-volant de Julien. Il ne sera pas fâché. Et pour le mât, je prendrai le balai d'Annabelle.

— De toute façon, continue Shawinigan, Julien et Annabelle ont l'habitude de voir disparaître des objets de leur maison…

En parlant de la maison, Hector et Herminette complotent aussi de leur coté. Avant d'aller au lit, je suis allé tendre l'oreille près de la fenêtre du sous-sol. Mes deux amis ont rassemblé toutes les souris du voisinage pour une grande réunion d'urgence.

— Écoutez, mes chères amies, annonce Hector d'un air sérieux.

Nous devons changer nos projets.

— Que se passe-t-il ? s'inquiète Nestor qui vient tout juste de terminer le plan de son invention.

— N'as-tu pas remarqué que plus un chat ne traîne dans les parages ? fulmine Victor.

— Nos pièges ne servent à rien s'il n'y a plus de chats ! s'indigne Melchior.

— On s'amusait tellement…, sanglote Gaspar.

— Oui mais, je crois que les chats en ont assez de nos plaisanteries, interrompt Herminette. De plus, ils se doutent que nous sommes derrière toutes ces catastrophes.

— Et puis, ils sont si mignons, ces chatons, ajoute Juliette d'une voix émue. J'en ai assez qu'on les importune. Ce cirque a assez duré.

— Herminette et Juliette ont raison, renchérit Hector. Vous avez eu la chance de créer toutes sortes de mécanismes complexes pour piéger les chats, mais le temps est venu de prouver votre ingéniosité d'une autre façon.

— Je sens que vous avez une autre idée géniale, dit Ginette, toute gonflée d'admiration. Dites-nous, Hector ! Dites-nous vite !

— Nous allons construire un bateau !

— Un QUOI ? s'exclament toutes les souris en chœur.

— Vous avez bien entendu. Imaginez-vous donc que les chats sont en train de faire la même chose !

— Vous dites que les chats sont…, s'inquiète Nestor. Mais ils en sont incapables !

— C'est ce que nous allons voir ! Nous les affronterons dans une course navale !

8

Rendez-vous doux

Ce soir, les grillons chantent si fort qu'ils me tiennent éveillé. Je décide alors de faire une petite balade vers le quai. Je m'installe confortablement dans les herbes fleuries pour écouter le concert en plein air. J'aperçois Roméo qui approche. Son long pelage duveteux frotte les longues herbes, ajoutant ainsi une douce percussion au concert nocturne. Sans faire exprès, j'assiste à la scène qui suit :

— Roméo ? Est-ce bien vous ? murmure une voix derrière lui.

— Qui est-ce ? Je ne vous vois pas très bien…

— Tournez-vous ! Je… je suis toute petite…

— En effet… Vous êtes une souris bien courageuse pour donner rendez-vous à un gros chat comme moi ! Que me voulez-vous ?

— D'abord, dit-elle en lui tendant la main, je m'appelle Juliette et je n'ai pas peur de vous.

— Enchanté de vous… vous connaître, Juliette, bafouille le

beau Roméo en soulevant sa grosse patte de velours. Vous ne m'effrayez pas non plus.

— Je tenais à vous rencontrer pour vous livrer un grand secret. Enfin… deux secrets. Mais avant… promettez-moi de ne rien dire à personne.

— Comptez sur moi, Juliette. Quand on me pose une question, je donne toujours ma langue au chat !

— Ce que vous pouvez être rigolo ! s'esclaffe la souris. Je vous fais confiance, voyons donc ! Alors, voici. Nous savons ce que vous construisez derrière le hangar. Demain, on viendra rencontrer Shipshaw pour lui proposer une course entre les chats et les souris. Mais voilà… le premier et lourd secret que je vous livre ce soir : une souris veut saboter votre bateau.

— Mais pourquoi ? s'indigne Roméo en fronçant ses épais sourcils.

— Certaines d'entre nous ont peur que vous gagniez la compétition.

— C'est cruel !

— Je sais, Roméo. Il faut que cesse cette rivalité entre les chats et les souris. Ne croyez-vous pas ?

— Absolument ! Tout ça pour prouver qui est le plus fort ? C'est ridicule. Je vous remercie Juliette de m'avertir à l'avance. J'aviserai mes amis de tripler de vigilance avec le bateau. Mais dites-moi, quel est le deuxième secret que vous alliez me révéler ?

À ces mots, Juliette rougit et baisse la tête. Bien caché derrière les herbes, je vois la brave souris reprendre son courage, puis prononcer quelques mots.

— C'est que…

Roméo s'approche pour mieux entendre et Juliette en profite pour lui donner un petit bisou sur le nez.

— Je suis amoureuse de vous, Roméo ! Vous êtes si beau et si doux ! J'ignore si vous gagnerez la course ou non. Ce qui compte pour moi, c'est que vous ayez déjà gagné mon petit cœur de souris !

Surpris par ces aveux, je retourne me coucher en attendant la suite des événements…

9

Une offre alléchante

À mon réveil, je constate que
Shawinigan est déjà partie.
Comment peut-elle manquer le
bon lait sucré que me prépare
Julien pour le petit-déjeuner ?
C'est vrai que cette chatte longi-
ligne n'est pas aussi gourmande
que moi. Elle prend tellement son

travail à cœur ! Je parie qu'elle surveille le bateau que nous avons terminé de construire hier soir. Je la rejoindrai après avoir mangé.

En sortant de la maison, je ne suis pas surpris d'arriver nez à nez avec une souris. Après tout ce que j'ai entendu hier soir...

— Bonjour, monsieur Shipshaw, dit Lisette. Je suis désolée de vous importuner si tôt. J'ai un message très important à vous livrer.

— Ce n'est rien, mademoiselle. Allez-y, je vous écoute.

— Le bateau que vous avez construit est impressionnant. Mais les souris en ont bâti un aussi qui, je pense, ira plus vite que le vôtre. Il y aura une course demain soir et vous êtes invités. Acceptez-vous d'y participer ?

— Je dois discuter avec mes amis, mais je crois qu'ils seront d'accord. Revenez ce soir et je confirmerai notre décision.

Je m'empresse d'aller retrouver mes amis derrière le hangar. Une course contre les souris ! Même si ça sent le complot, c'est une chance de comparer notre ingéniosité à celle des petits rongeurs. Mais si Hector et Herminette sont à la tête de tout ce déploiement, je crois que la compétition sera très serrée. Hector peut construire un avion, imaginez à quoi ressemblera son bateau !

Une fois rendu derrière le hangar, je retrouve Shawinigan et Roméo, plantés comme deux soldats, de chaque côté de notre navire.

— QUI VA LÀ ? crient-ils à pleins poumons.

— Voyons donc, Shawinigan ! C'est moi, Shipshaw ! Vous m'avez fait si peur tous les deux ! Que se passe-t-il ?

— Roméo croit qu'une souris va saboter notre travail, explique Shawinigan. Tu sais qu'il va y avoir une course ?

68

— Oui. Je voulais justement en discuter avec vous…

— La compétition sera difficile, continue Roméo, mais nous allons gagner cette course contre les souris ! Elles veulent prouver qu'elles sont plus fortes que nous ? Eh bien ! nous les surprendrons !

— Crois-tu que les autres vont accepter ce défi ? dis-je, excité.

— OUIIII ! lancent Chamaille, Charivari, Sushi, Carmen et Cachalot en sortant du buisson.

— Nous avons tout entendu et nous sommes d'accord, poursuit Chamaille.

— Quand tu nous as parlé de construire un bateau, nous avons ri de toi, Shipshaw, avoue Sushi. Mais cela nous a permis de travailler ensemble et même si ce n'était pas toujours facile, nous nous sommes bien amusés.

— Et ça a réglé notre problème de catastrophes ! rappelle Cachalot. Je commençais à en avoir assez de tomber dans des seaux d'eau !

— Ou de me faire teindre en vert comme une sauterelle ! continue Charivari en riant.

— En plus, ajoute Carmen, tu as apprrrris à fairrre des nœuds avec tes moustaches !

— Hé ! ce n'est pas gentil !

— Cessez de vous taquiner ! interrompt Chamaille, stimulé par le défi. Quand cette course aura-t-elle lieu ?

— Demain soir, à la pleine lune, dis-je avec un soupçon d'inquiétude.

10

Le *Châteauguay* contre
Le *Gazette 1*

Nous montons la garde autour du bateau pendant toute la journée, la nuit et le lendemain jusqu'au soir. Les grillons et les cigales nous divertissent avec leur meilleur concert. À tour de rôle, nous prenons le temps d'aller dormir, manger et ronronner sous les caresses de nos maîtres, pour leur faire croire que rien de spécial ne se passe dans nos vies. Julien et Annabelle ne se doutent de rien, j'en suis sûr, mais ils doivent bien se demander pourquoi tant d'objets ont disparu de la maison ces derniers jours !

— J'ai du mal à croire que nous allons faire une course contre nos amis Hector et Herminette, dis-je à Shawinigan en marchant vers le hangar.

— Ne t'inquiète pas ! Le vent gonflera notre voile et nous gagnerons !

— Ce n'est pas de gagner qui compte. J'espère seulement que tout ira bien.

Avant de pousser le bateau vers le lac, où la course est prévue,

Cachalot nous rassemble tous
autour de lui.

— Mes amis ! annonce-t-il de
sa grosse voix de capitaine. Nous
allons faire de notre mieux,
comme toujours. Ce moment est

historique pour les chats et les souris. Il restera dans notre mémoire longtemps ! Alors, unissons nos efforts encore une fois pour laisser flotter ce magnifique navire : le… le… Mais comment allons-nous l'appeler ?

— Le *Châteauguay* dis-je d'une voix haute et claire. C'est joli, non ? C'est le nom d'une rivière.

— Vive le *Châteauguay* ! crions-nous tous en chœur ! Houraaah ! Hourrrraaah !

Leur bateau étant plus léger et parce qu'elles sont plus nombreuses pour le déplacer, les souris arrivent au point de départ bien avant nous. Assemblées autour d'Hector, elles écoutent son discours d'encouragement.

— Vous êtes petites, mes chères souris, mais vous faites un travail de géantes ! Depuis notre arrivée ici, vous avez appris l'art de la construction et les lois de la mécanique. Je vous félicite chaleureusement. Nous nous sommes amusées en créant les pièges à chats les plus farfelus, mais ceux-ci n'appréciaient guère notre imagination. C'est pourquoi nous avons décidé d'unir nos efforts vers quelque chose de plus constructif ! Admirez plutôt ce vaisseau que nous avons bâti ensemble : le *Gazette I*.

— Hourrah ! Hourrah ! Vive Hector ! Vive Herminette ! Vive le *Gazette I* !

C'est exténuant de pousser un radeau fait de dix couvercles de poubelle, tous reliés par des ficelles, avec un cerf-volant monté sur un manche à balai en guise de voile. Disons que mon gros bedon n'aide pas du tout ! Pas étonnant que j'arrive tout essoufflé au quai !

— Je te l'ai déjà dit, Shipshaw ! râle Shawinigan. Tu manges trop !

— L'exercice, ajoute Sushi, c'est bon pour la santé !

— Ce chat a raison ! lance Hector de sa petite voix amicale. J'avoue que votre bateau est… très inventif ! C'est du bon travail ! Bravo !

— Merci, dis-je. Le vôtre est impressionnant aussi ! Une page de papier journal pliée en un petit voilier… Il fallait y penser ! Mais comment allez-vous le faire avancer ?

— C'est une de ses toutes dernières inventions, interrompt Herminette. Un moteur à réaction !

— Euh, enfin, précise son mari. J'utilise la réaction chimique qui se produit quand on laisse tomber une goutte de gomme de sapin dans l'eau. Cela me sert de carburant !

Je ne peux pas m'empêcher de féliciter le génie de mon ami.

— Fantastique ! Vous êtes vraiment des petites souris uniques ! Alors, qui donne le signal de départ ?

— Je m'en charge, déclare Hector. Est-ce que tout le monde est prêt ?

11

La course

Chaque équipe pousse son bateau en position de départ. Le pauvre Cachalot grimace en trempant ses pattes dans l'eau. Herminette soulève ses petits jupons pour ne pas les mouiller, avant d'attraper la main d'Hector qui l'aide à monter à bord. Les grillons percent la nuit de leur chant strident. La pleine lune domine le bleu sombre du ciel. Le moment est magique.

— Bonne chance à vous tous ! lance Juliette en agitant la main vers Roméo.

— Prudence dans vos manœuvres ! ajoute le beau chat persan, en admirant le joli minois de la souris.

— Attention ! annonce Hector en pointant un objet dans les airs. Il faut se rendre à la bouée qui flotte à quelques mètres d'ici, tourner puis revenir au quai. Compris ?

— Hé ! c'est le fusil jouet du garçon de mon maître ! remarque Sushi. Qui le lui a pris ?

Pas le temps de lui expliquer. Sushi n'a pas encore réalisé que les souris sont aussi de petites voleuses d'objets…

— Un… deux… trois ! crie Hector.

PAF ! claque le pistolet.

La course commence. Chamaille donne une grosse poussée avant de sauter sur le bateau en dernier. Chaque chat est à son poste, en équilibre sur son couvercle de poubelle. Les ficelles tiennent le coup et la voile se gonfle fière-ment. L'embarcation prend de la vitesse. Tout va bien ! De son côté, le *Gazette I* avance rapide-ment grâce à son profil effilé et son petit moteur à l'arrière.

La bouée arrive enfin. Nous la contournons avec habileté en

balançant notre poids d'un côté du bateau. Mais les souris sont loin devant nous. Puis, une des ficelles craque. Les couvercles de poubelle sur lesquels nous nous tenons se détachent.

— Agrippe-toi à ma queue, Shipshaw ! lance Chamaille. On va se tenir ainsi !

Il faut imaginer la scène ! Une dizaine de chats, en équilibre sur un radeau tout détricoté, qui se tiennent par la queue pour ne pas tomber à l'eau !

À bord du *Gazette I*, Juliette voit l'injustice de cette course. En faisant un clin d'œil à Roméo, elle s'approche discrètement du moteur à réaction, arrache le tuyau dans lequel coule la gomme de sapin, puis le jette à l'eau.

— Que se passe-t-il ? s'inquiète Herminette. On dirait qu'on n'avance plus du tout !

Sous la lune ronde comme un énorme fromage volant, le *Châteauguay* et le *Gazette I* dérivent doucement vers le quai, transportant à leur bord une poignée de souris déçues et une dizaine de chats silencieux. Les vaguelettes les transportent lentement vers la ligne d'arrivée de cette course saugrenue. Un miracle est acclamé de toutes parts par les grillons : les deux bateaux touchent le quai exactement au même moment.

— Oh… nous sommes tous gagnants !

12

Double chat-botage

— Qui a coupé la ficelle ? fulmine Chamaille en sautant à l'eau.

— C'est moi…, avoue Lisette. Je ne voulais pas que les chats gagnent.

— C'est malin ! gronde Shawinigan. Tu aurais pu tous nous noyer !

— Je sais. Je suis désolée…

— Je suis désolée aussi, confesse Juliette. Le tuyau servant à transporter le carburant au moteur, c'est moi qui l'ai arraché. Cette course était déloyale.

— Je crois que nous avons tous appris une leçon, dit Hector solennellement. La compétition n'entretient pas l'amitié. Nous sommes tous spéciaux à notre façon. Nul besoin de se le prouver !

— L'important, interrompt Juliette, c'est que nous sommes tous réunis ! Pas vrai mon beau Roméo ?

Et sans que le gros matou puisse réaliser ce qui lui arrive, la petite souris lui saute au cou et le couvre de bisous. Souris et chats, patte dans la patte, forment un cercle autour des deux amoureux. Cette fois-ci, les grillons offrent le meilleur de tous leurs concerts à cette nuit magique de la fin d'un été.

TABLE DES MATIÈRES

Présentation 7

1 - Le bonheur... ou presque 9

2 - Les chats du voisinage 15

3 - Mission secrète 21

4 - De vraies « chat-astrophes » . 27

5 - Organisons la résistance 35

6 - Il était un petit navire... 43

7 - À chat-cun sa cachette ! 51

8 - Rendez-vous doux 59

9 - Une offre alléchante 65

10 - Le *Châteauguay*
.............contre Le *Gazette 1* 71

11 - La course 81

12 - Double chat-botage 87

Isabelle Larouche

Je suis convaincue que c'est un chat qui m'a appris à écrire ! La preuve : ma siamoise Mimi. Elle était toujours à mes côtés quand j'ai tracé mes premiers mots dans mes cahiers, à six ans !

Je suis née à Chicoutimi, mais j'ai aussi beaucoup voyagé. Avec le temps, je suis devenue enseignante, auteure et maman.

Tout au long de ma vie, bien des chats sont venus se blottir sur mes genoux ou se coucher sur ma table de travail. Un bon matin, Shipshaw m'a dicté ses aventures, puis Shawinigan et les autres chats du voisinage, là où j'habite à Deux-Montagnes, ont continué de m'inspirer.

Vous pensiez que les chats mènent une vie bien rangée ? Détrompez-vous...

www.isabellelarouche.com

Nadia Berghella

Je suis une gribouilleuse profession-
nelle ! Une Alice au pays des merveilles,
une gamine avec un pinceau et des ailes...

Donnez-moi des mots, une histoire, un
thème ou des sentiments à exprimer. C'est
ce que je sais faire... ce que j'aime faire !

De ma bulle, j'observe la nature des
gens. Je refais le monde sur du papier en y
ajoutant mes petites couleurs ! Je sonde
l'univers des petits comme celui des grands,
et je m'amuse encore après tout ce temps !

Je rêve de continuer à faire ce beau
métier, cachée dans mon atelier avec mes
bas de laine et de l'encre sur les doigts.

www.nadiaberghella.com

Récents titres dans la
Collection Oiseau-Mouche

Shawinigan et Shipshaw, d'Isabelle Larouche, ill. Nadia Berghella.

Le renne de Robin, de Diane Groulx, ill. Julie Rémillard-Bélanger.

Pince-Nez, le crabe en conserve, de François Barcelo, ill. Nadia Berghella.

Le cadeau du vent, de Josée Ouimet, ill. Julie Rémillard-Bélanger.

Récents titres dans la
Collection Les maîtres rêveurs

Une folle histoire de pieds !, de Claire Mallet, ill. Hélène Meunier.

Recueils d'activités pédagogiques
disponibles sur le site
www.editionsduphoenix.com

Récents titres dans la Collection Œil-de-chat

Otages au pays du quetzal sacré, de Viateur Lefrançois, ill. Guadalupe Trejo.

Un pirate, un trésor, quelle Histoire ! de Louise Tondreau-Levert, ill. Hélène Meunier.

Ziri et ses tirelires, de Wahmed Ben Younès, ill. Guadalupe Trejo.

Mabel, de Lindsay Trentinella, ill. Hélène Meunier.

Léo sur l'eau, de Françoise Lepage, ill. Nadia Berghella.

La médaille perdue, de Marc Couture, ill. Yan-Sol.

Le miracle de Juliette, de Pauline Gill, ill. Réjean Roy.

Chevaux des dunes, *Le trésor de l'Acadien*, de Viateur Lefrançois, ill. Hélène Meunier.

Alerte au village !, de Michel Lavoie, ill. Guadalupe Trejo.

Sources Mixtes
Groupe de produits issu de forêts bien
gérées et d'autres sources contrôlées.
www.fsc.org Cert no. SGS-COC-2624
© 1996 Forest Stewardship Council
FSC

Achevé d'imprimer en février 2009
sur les presses de l'imprimerie Gauvin,
Gatineau, Québec